ISBN 0-7172-4121-1
Dépôt légal 2ᵉ trimestre 2003
Bibliothèque nationale du Québec

Imprimé aux États-Unis

DISNEY · PIXAR
TROUVER NEMO

GROLIER

«Allez, papa!» crie Nemo. «Je vais être en retard à l'école!»

Nemo le petit poisson-clown est très fébrile. C'est sa première journée d'école. Une des nageoires de Nemo est plus petite que l'autre. Nemo n'est donc pas un excellent nageur. Mais ce léger handicap ne ralentit en rien Nemo.

Le père de Nemo, Marlin, est cependant fort inquiet pour son fils.

«J'arrive, j'arrive», répond sans enthousiasme Marlin. Puis il explique les règles de sécurité.

«D'abord, on regarde si la voie est libre», explique Marlin au moment de sortir de l'anémone qui leur tient lieu de maison. «Puis on sort… et on rentre. Puis on sort… et on rentre. Et puis on…»

«Papa!» l'interrompt Nemo. Il saisit la nageoire de son père et le tire à l'extérieur.

Quelques minutes plus tard, Nemo et Marlin arrivent à l'école. Aussitôt, Monsieur Raie, le professeur, vient chercher les enfants pour une excursion scolaire.

«Au revoir, papa!» crie Nemo.

«Au revoir, fiston», répond Marlin. «Sois prudent.»

«Tu prends ça avec calme», dit un des autres pères présents à Marlin. «J'étais plus nerveux quand mon aîné a fait l'excursion à La Falaise.» «La Falaise?» s'écrie Marlin, soudain pris de panique. La Falaise est au bout du récif, là où un poisson peut se retrouver en pleine mer, un endroit qui recèle de nombreux dangers.

Marlin file pour tenter de rattraper Monsieur Raie et ses élèves.

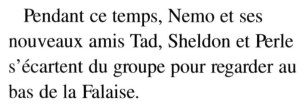

Pendant ce temps, Nemo et ses
nouveaux amis Tad, Sheldon et Perle
s'écartent du groupe pour regarder au
bas de la Falaise.

«Regardez!» dit Tad en pointant vers la
coque d'un bateau. Sheldon leur lance
alors un défi. «Voyons voir lequel d'entre
nous réussira à s'approcher le plus près.»

Arrive bientôt le tour de Nemo. «Allez,
Nemo! Jusqu'où vas-tu te rendre?» le
défie Tad.

«Euh... mon père dit que ce n'est
pas prudent», dit Nemo, qui reste
sagement sur la Falaise.

Marlin surgit à ce moment. «Qu'est-ce que tu fais là, Nemo? Tu t'apprêtais à t'élancer en pleine mer! Tu sais pourtant que tu ne peux pas faire ça!»

Nemo est à la fois gêné et furieux. Dans une attitude de défi, il nage à toute vitesse jusqu'au bateau.

«Nemo! Reviens tout de suite!» crie Marlin. Mais il est trop tard. Un plongeur vient d'apparaître. Il attrape Nemo dans un filet, retourne sur son bateau et s'éloigne.

Marlin s'élance
derrière le bateau, mais
il ne nage pas assez vite
pour le rattraper. En allant
demander de l'aide à un
banc de poissons, Marlin bute tête
première contre l'un d'eux.

«Monsieur? Ça va?» demande un gentil poisson
bleu. «Je m'appelle Doris.»

«Je dois retrouver un bateau!» s'écrie Marlin.

«J'ai vu un bateau. Suivez-moi!» dit Doris.

Marlin suit Doris, qui soudain se retourne et crie,
«Arrêtez de me suivre!»

Marlin ne comprend pas, mais Doris lui explique
qu'elle souffre de pertes de mémoire à court terme.

Quand Marlin vient pour partir, il se retrouve nez à nez avec un requin. Bruce le requin invite Doris et Marlin à une « fête » réunissant des requins qui essaient de ne plus manger de poissons.

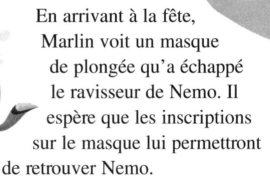

En arrivant à la fête, Marlin voit un masque de plongée qu'a échappé le ravisseur de Nemo. Il espère que les inscriptions sur le masque lui permettront de retrouver Nemo.

« Ah, que signifient ces inscriptions? Je ne sais pas lire l'écriture humaine! » s'exclame Marlin.

« Eh bien, il faut trouver un poisson qui s'y connaît! » suggère Doris. Les deux poissons s'emparent du masque et tirent chacun de leur côté. Soudain le masque échappe à Marlin et va frapper Doris sur le nez.

« Aïe », fait Doris. Un filet de sang apparaît sur son nez.

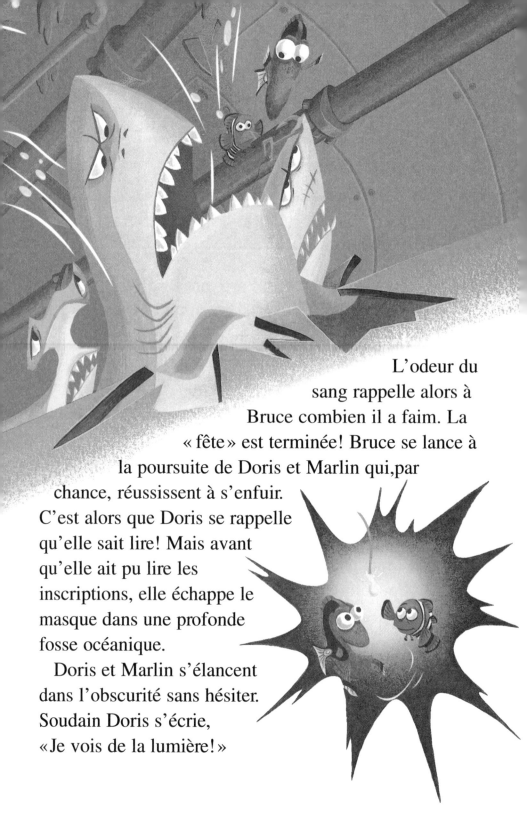

L'odeur du sang rappelle alors à Bruce combien il a faim. La « fête » est terminée! Bruce se lance à la poursuite de Doris et Marlin qui, par chance, réussissent à s'enfuir. C'est alors que Doris se rappelle qu'elle sait lire! Mais avant qu'elle ait pu lire les inscriptions, elle échappe le masque dans une profonde fosse océanique.

Doris et Marlin s'élancent dans l'obscurité sans hésiter. Soudain Doris s'écrie, «Je vois de la lumière!»

Cette lumière est en fait le piège d'une baudroie affamée! Marlin et Doris échappent de justesse aux dents de la baudroie, qui s'élance à leur poursuite.

Sa lumière éclaire soudain un objet. «Regarde! Un masque!» crie Doris.

«Lis les inscriptions!» ordonne Marlin, pendant qu'il tente d'éloigner la baudroie de Doris.

«Ramène-le par ici. J'ai besoin de lumière», lance Doris. Marlin, pourchassé par la baudroie, passe et repasse devant Doris afin qu'elle puisse lire.

«C'est une adresse», annonce Doris. «P. Sherman, 42 rue Wallaby, Sydney.» Sur ce, Doris et Marlin ressortent de la fosse sains et saufs.

Le 42 rue Wallaby est l'adresse d'une clinique dentaire à Sydney, en Australie. Le plongeur qui a capturé Nemo est le dentiste et il a mis Nemo dans l'aquarium qui décore sa clinique. Son aquarium renferme de nombreux poissons intéressants.

Un gentil pélican du nom de Nigel vient alors se percher sur le rebord de la fenêtre. Il rend visite à la bande de l'aquarium. Nemo apprend à ce moment que le dentiste a l'intention de l'offrir à sa nièce Darla.

Les poissons disent à Nemo que le poisson que le dentiste a offert à Darla l'an dernier n'a pas survécu.

« Je dois retourner chez mon père ! » crie Nemo, horrifié.

Le chef de la bande, Zouies, rassure Nemo. Ils vont trouver un moyen de s'enfuir avant l'arrivée de Darla.

Pendant ce temps, dans l'océan…
«P. Sherman, 42 rue Wallaby, Sydney!»
répète sans cesse Doris, avec fierté.
Marlin demande alors à un banc de
poissons-lunes les directions pour se
rendre à Sydney, mais les poissons
refusent de l'aider. Ils acceptent
cependant d'offrir leur aide à Doris.
Les poissons-lunes forment une
flèche pointant en direction de
Sydney.

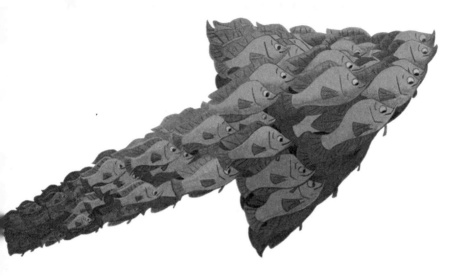

«Génial!» dit Marlin, qui file aussitôt dans la direction indiquée.

«Hé, madame?» dit un poisson à Doris. «Lorsque vous arriverez à la fosse, passez dans celle-ci, pas par-dessus.»

«Je m'en souviendrai!» dit Doris en s'empressant d'aller rejoindre Marlin.

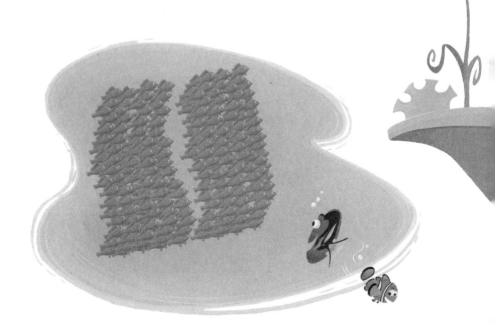

«Attends! J'ai quelque chose à te dire!» crie Doris, derrière Marlin. Mais quand enfin elle le rejoint au bord d'une fosse obscure qui ne présage rien de bon, Doris ne se rappelle plus ce qu'elle voulait lui dire.

«On va passer par-dessus cette fosse», dit Marlin.

«J'ai l'impression qu'on devrait plutôt passer dedans», dit Doris. Mais elle se laisse aisément persuader par Marlin.

Doris aurait dû insister, car le danger guette en effet dans les eaux claires au-dessus de la fosse. Doris le constate la première.

«Ouille!» s'écrie Doris. Un
bébé méduse vient de la piquer.
Marlin chasse la jeune méduse.

«Dieu merci, celle-ci n'était qu'un
bébé», dit Marlin, en examinant la
blessure. Lorsqu'il relève les yeux, Marlin
se rend alors compte que des centaines
de méduses peuplent ces eaux.

«Comment va-t-on s'en sortir?» se
demande Marlin.

À ce moment, Doris, qui a oublié le danger, se met à bondir sur les méduses en riant.

En la voyant faire, Marlin a une idée. « Doris, nous allons jouer à « saute-méduses ». La seule règle : il ne faut pas toucher aux tentacules. »

Et la course commence. Marlin saute le plus vite qu'il peut et sort de cette forêt de méduses en un rien de temps. Mais il ne voit Doris nulle part.

« DORIS ! » crie Marlin. Puis il finit par la repérer. Doris est prisonnière des tentacules d'une méduse. Marlin se lance à sa rescousse et, à force de tirer, il réussit à libérer son amie. Puis tout devient noir.

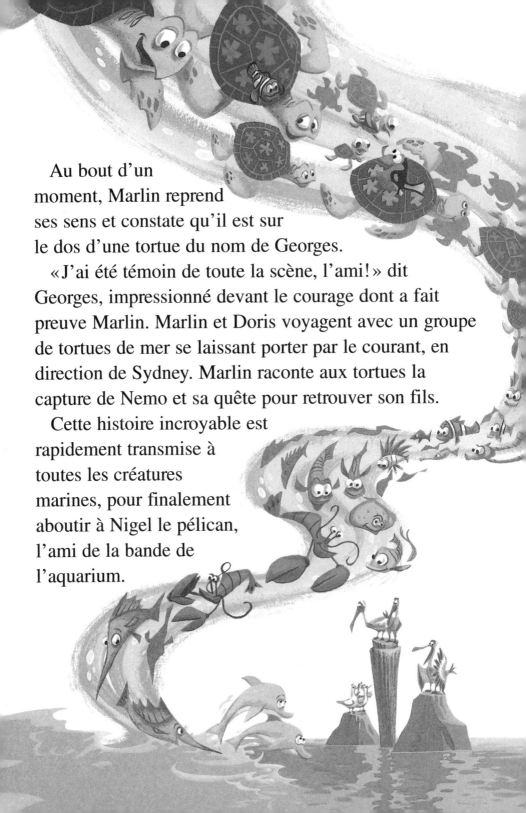

Au bout d'un
moment, Marlin reprend
ses sens et constate qu'il est sur
le dos d'une tortue du nom de Georges.

« J'ai été témoin de toute la scène, l'ami! » dit
Georges, impressionné devant le courage dont a fait
preuve Marlin. Marlin et Doris voyagent avec un groupe
de tortues de mer se laissant porter par le courant, en
direction de Sydney. Marlin raconte aux tortues la
capture de Nemo et sa quête pour retrouver son fils.

Cette histoire incroyable est
rapidement transmise à
toutes les créatures
marines, pour finalement
aboutir à Nigel le pélican,
l'ami de la bande de
l'aquarium.

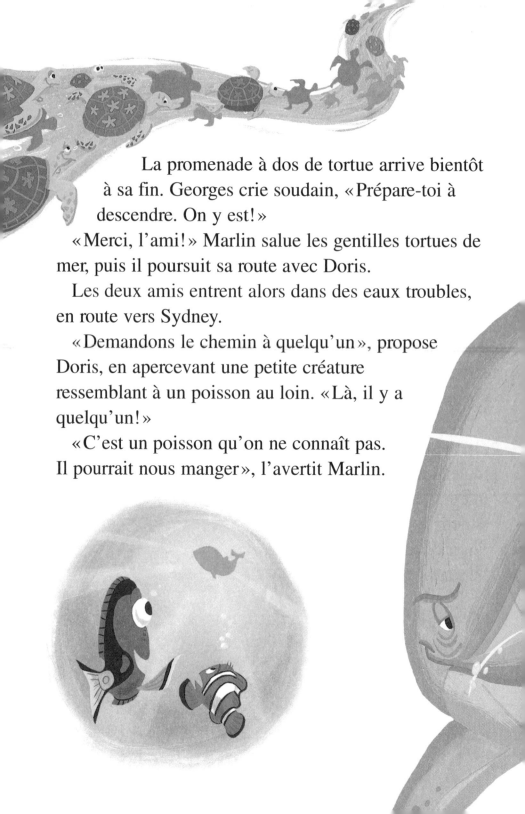

La promenade à dos de tortue arrive bientôt à sa fin. Georges crie soudain, «Prépare-toi à descendre. On y est!»

«Merci, l'ami!» Marlin salue les gentilles tortues de mer, puis il poursuit sa route avec Doris.

Les deux amis entrent alors dans des eaux troubles, en route vers Sydney.

«Demandons le chemin à quelqu'un», propose Doris, en apercevant une petite créature ressemblant à un poisson au loin. «Là, il y a quelqu'un!»

«C'est un poisson qu'on ne connaît pas. Il pourrait nous manger», l'avertit Marlin.

Mais Doris ne l'écoute pas. «Ohé! Petit!»
appelle-t-elle. Marlin et Doris constatent alors
que ce qu'ils croyaient être un petit poisson
est en fait une baleine! D'une seule bouchée,
elle gobe Doris et Marlin.

«On est dans la bouche d'une baleine!» crie Marlin.

«Génial! Savais-tu que je parle la langue des baleines?» dit Doris. Elle écoute attentivement les sons émis par la baleine. «Elle veut que nous allions au fond de la gorge.»

«Bien sûr! C'est pour mieux nous avaler!» lance Marlin, irrité.

«Elle dit qu'il faut se laisser faire», traduit Doris.

Marlin abandonne la lutte. Aussitôt, Doris et lui sont aspirés dans l'évent de la baleine, puis projetés à l'extérieur dans un grand jet d'eau. Marlin et Doris volent très haut dans les airs avant de retomber lourdement dans la mer.

Ébranlés mais en vie, les deux amis constatent qu'ils sont dans le port de Sydney.

«Doris, tu avais raison. On y est arrivé! On va trouver mon fils!» s'écrie Marlin, fou de joie. «Il suffit de repérer le bateau du plongeur qui l'a capturé.»

Mais ce ne sera pas une mince tâche, car il y a beaucoup de bateaux dans le port de Sydney. Les deux amis cherchent toute la nuit.

Le lendemain matin, un pélican affamé ramasse dans son grand bec les deux petits poissons épuisés.

«NON! Je ne finirai pas dans le ventre d'un oiseau!» crie Marlin.

Il s'agrippe fermement aux parois de la gorge du pélican pour ne pas être avalé. Le pélican tousse et les deux poissons sont projetés sur le quai. Nigel se pointe alors près d'eux.

«Je cherche mon fils Nemo!» gémit Marlin.

Nigel lui vient aussitôt en aide. «Venez! Montez dans mon bec», dit-il à Marlin et Doris. «Je vais vous conduire à votre fils.»

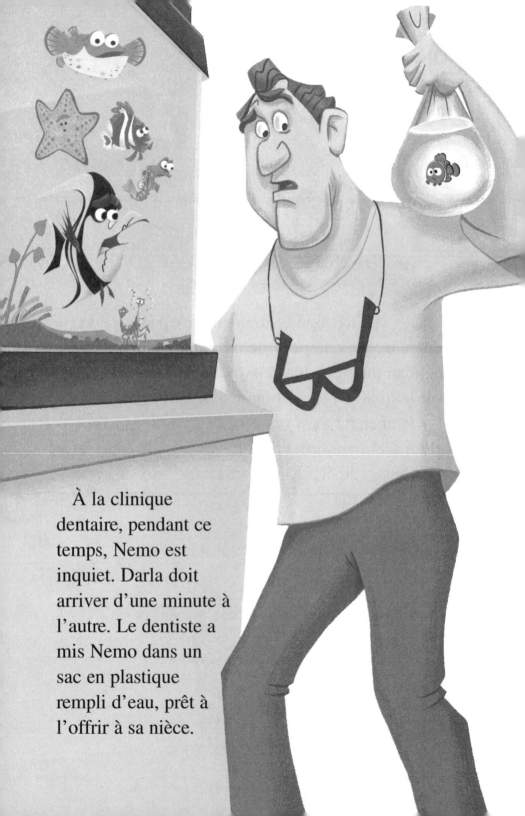

À la clinique dentaire, pendant ce temps, Nemo est inquiet. Darla doit arriver d'une minute à l'autre. Le dentiste a mis Nemo dans un sac en plastique rempli d'eau, prêt à l'offrir à sa nièce.

Le dentiste dépose le sac sur la table.

La bande de l'aquarium fait signe à Nemo de pousser sur le côté du sac pour le faire rouler par la fenêtre ouverte. Au moment où le sac se met à rouler, le dentiste s'en aperçoit et le rattrape.

«Oh, là, là! Quelle chute tu aurais fait!» dit le dentiste, en déposant le sac dans un plateau. C'est alors que la porte s'ouvre brusquement et que Darla entre en trombe.

Nemo a alors une idée. Il fait le mort en espérant que le dentiste le fera passer dans les toilettes. De là, Nemo se dit qu'il arrivera à rejoindre l'océan.

«Bonjour, Darla, ma chérie!» dit le dentiste.

«Oh, non!» dit le dentiste en voyant Nemo inerte.

Il cache rapidement le sac derrière son dos pour ne pas que Darla le voie.

L'instant d'après, Nigel entre par la fenêtre en transportant Doris et Marlin dans son bec.

«Qu'est-ce que…?» s'exclame le dentiste au moment où Nigel fonce sur lui. Sous l'impact, le dentiste échappe le sac contenant Nemo. Le sac atterrit sur un instrument coupant dans un plateau.

De sa cachette, Marlin aperçoit son fils et le croit mort.

«Nemo!» crie-t-il.

Nemo entend la voix de son père, mais ce dernier ne peut rien faire car le dentiste vient de clouer le bec de Nigel et il le pousse à l'extérieur.

Dans la cohue, Darla a saisi le sac et elle le balance en fredonnant, «Mignon poisson! Mignon poisson!»

En se tortillant, Nemo réussit à s'extirper du sac et il atterrit sur un instrument de dentiste.

La bande de l'aquarium s'amène à sa rescousse. Aidé par ses amis, Zouies se propulse hors de l'aquarium, frappe l'instrument avec sa queue et catapulte Nemo dans l'évier!

Nemo disparaît dans le tuyau d'évacuation.

«Ne t'en fais pas, petit!» le rassure Zouies. «Tous les tuyaux mènent à l'océan!»

ZOUM!

Nemo traverse en tourbillonnant tout le réseau d'égouts de Sydney. Quelle balade!

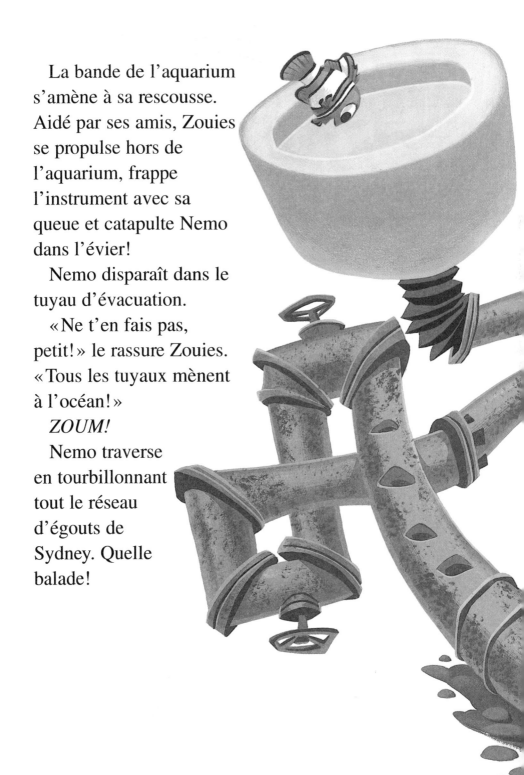

Pendant ce temps, au port de Sydney, Marlin fait ses adieux à Nigel et Doris. Tristement, il se met à nager vers chez lui, convaincu qu'il ne reverra jamais son petit Nemo. Il passe devant deux crabes installés sur un tuyau d'égout se déversant dans le port, avant de rejoindre un banc de mérous.

Nemo, pendant ce temps, termine son périple en jaillissant par le tuyau sur lequel les deux crabes dégustent une petite collation.

«Hé! Celui-ci est vivant!» dit un des crabes affamés.

«Avez-vous vu mon père?» leur demande Nemo, avant de se rendre compte que ces deux-là n'ont qu'une idée en tête, le manger. Nemo s'enfuit à la nage, dans la direction opposée à celle qu'a prise son père.

Au bout d'un moment, Nemo trouve Doris qui tourne en rond et pleure.

«Je ne sais plus où je suis… je crois que j'ai perdu quelqu'un, je… je dois me souvenir…»

«Bonjour, je suis Nemo», se présente le petit poisson. «Je cherche quelqu'un, moi aussi.»

«Nemo. C'est un joli nom», murmure Doris, distraitement. Les deux poissons font un bout de chemin ensemble.

Soudain, Doris se rappelle! «NEMO!» Elle serre le visage de Nemo entre ses nageoires. «Tu n'es pas mort! Et ton père…»

«Vous connaissez mon père?» demande Nemo. Mais Doris s'est déjà remise en route. «Vite! Par ici!»

Doris et Nemo retournent
dans le port de Sydney et
demandent aux deux crabes assis
sur le tuyau d'égout s'ils ont vu Marlin.
«Je refuse de répondre et vous ne pouvez pas
me forcer à le faire», répond un des crabes.
Doris, qui n'entend pas à rire pour le
moment, saisit le crabe et le brandit dans les
airs, à la vue de toutes les mouettes affamées.
Le crabe indique aussitôt à Doris dans quelle
direction Marlin est parti.

Nemo et Doris prennent la direction indiquée, à la recherche de Marlin.

« Papa! Papa! » crie Nemo. Il le voit enfin au milieu d'un banc de mérous.

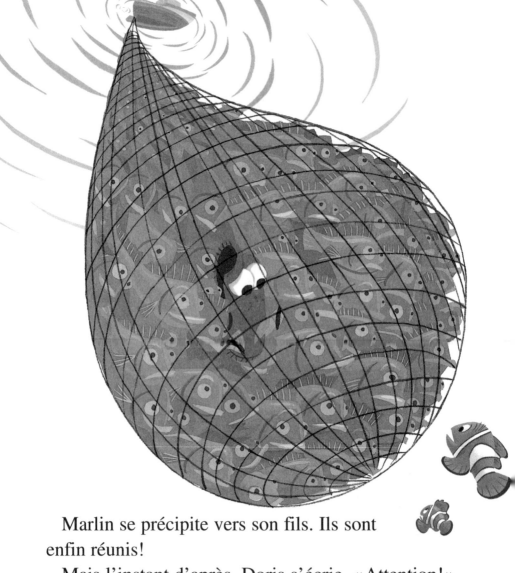

Marlin se précipite vers son fils. Ils sont enfin réunis!

Mais l'instant d'après, Doris s'écrie, « Attention! » Un énorme filet de pêche s'abat sur eux. Nemo et Marlin l'évitent, mais Doris et les mérous sont pris.

« AU SECOURS! » crie Doris.

«Papa, je sais ce qu'il faut faire!» déclare Nemo, en se portant au secours de Doris.

«Non! Reviens!» crie Marlin, qui ne veut pas risquer de perdre son fils une autre fois.

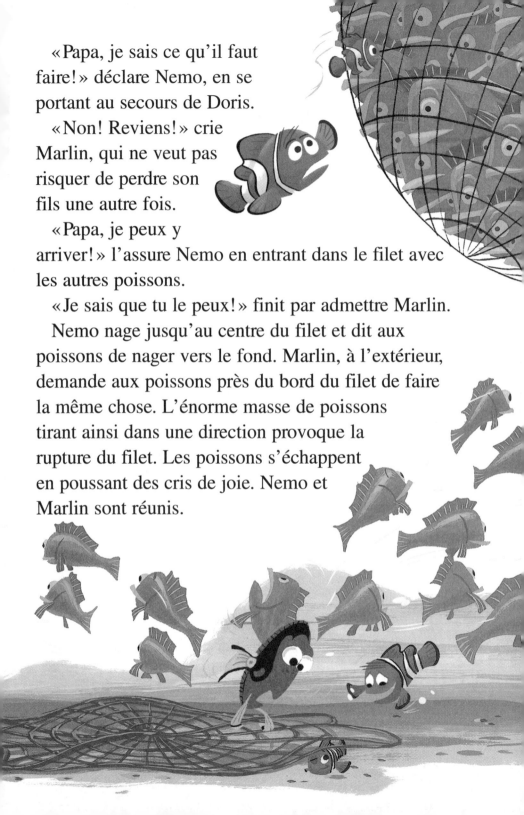

«Papa, je peux y arriver!» l'assure Nemo en entrant dans le filet avec les autres poissons.

«Je sais que tu le peux!» finit par admettre Marlin.

Nemo nage jusqu'au centre du filet et dit aux poissons de nager vers le fond. Marlin, à l'extérieur, demande aux poissons près du bord du filet de faire la même chose. L'énorme masse de poissons tirant ainsi dans une direction provoque la rupture du filet. Les poissons s'échappent en poussant des cris de joie. Nemo et Marlin sont réunis.

Nemo et Marlin rentrent à la maison avec leur amie Doris. Nemo reprend bientôt l'école. Il est très excité de retrouver ses amis et Monsieur Raie, le professeur.

Au moment où Monsieur Raie vient pour partir, Nemo lui demande d'attendre un peu. Il nage vers son père et lui fait une grosse caresse. «Je t'aime, papa!» dit Nemo.

«Je t'aime aussi, mon garçon», dit Marlin, en resserrant son étreinte. «Va maintenant. Tu as tout un monde à explorer!»